Klaus Otersen
Der verkorkste Suizid

Klaus Otersen

Der verkorkste Suizid
… Wie es nicht sein sollte…

Die Namen der Personen in diesem Buch wurden abgeändert.
Eventuelle Ähnlichkeiten mit lebenden oder verstorbenen
Personen sind rein zufällig. Diese Geschichte basiert
auf einer realen, authentischen Begebenheit, wurde tatsächlich selbst
erlebt und nicht! erfunden.

Bibliografische Information Der Deutschen Bibliothek:
Die Deutsche Bibliothek verzeichnet diese Publikation in der
Deutschen Nationalbibliografie: detaillierte bibliografische
Daten sind im Internet unter: http://dnb.de abrufbar.

ISBN 9 783757 860714

© 2023 Klaus Otersen, Hamburg

email: kameramann2019@aol.com

Herstellung und Verlag: BoD – Books on Demand, Norderstedt
Printed in Germany

Inhaltsverzeichnis

Vorwort

Wie kommt jemand dazu ein Buch zu schreiben, wenn er doch sterben möchte? Angst vor dem Jenseits? Noch mal ein letztes Aufbäumen der Lebensgeister? Angst vor der letzten, unabänderlichen Konsequenz? Oder doch noch etwas der Nachwelt hinterlassen zu wollen? Keine Ahnung, ich weiß es nicht wirklich. Vielleicht eine Mischung von allem…

Ich bin vierundsiebzig Jahre alt. Ich hatte bisher ein wunderbares Leben, mit einigen Tiefen, aber die meiste Zeit wohlauf, zufrieden und glücklich. Mir fehlte es an nichts, Das meiste im Leben fiel mir fast in den Schoß, ohne mich groß anzustrengen zu müssen. Ich kannte die halbe Welt, war bisher in einhundertsechs Ländern zu Gast. Der letzte unberührte Kontinent hieß Australien. Der war mir aber zu weit weg, zweiundzwanzig Stunden Flugzeit schlicht zu lang.

Meine Gesundheit war bisher optimal. Natürlich gab es da die üblichen Verdächtigen: mit fünf wurde mir der Blinddarm entnommen, mit zehn musste ich ins Krankenhaus, es wurden mir die Mandeln entfernt. Nicht sehr angenehm, ich hatte zwar Schmerzen, aber es gab wenigstens hinterher tagelang leckeres Eis. Ebenfalls noch im Alter von zehn erwischte mich eine Mittelohrentzündung. Es folgten kleinere Wehwehchen, einmal einen Bruch der Hand, mit dem ich dann, den rechten Arm bis zum Ellenbogen eingegipst, mit dem Fahrrad vom Schwarzwald bis nach Stockholm radelte. Sieben Wochen nach meiner Rückkehr war der Gips schwarz…

Die einzige größere Sache war der Darmkrebs, der vor dreizehn Jahren ausbrach. Alle möglichen Menschen in meiner Umgebung, vor allem aber meine Mutter waren untröstlich, und viele dachten, ich müsse sterben. Aber das Schicksal meinte es auch da gut mit mir: man wollte mich noch nicht im Jenseits. Mich selbst hatte das seltsamerweise überhaupt nicht tangiert. Ich hatte weder Todesangst, noch machte ich mir irgendwelche Sorgen. Für mich war das eine Sache wie Schnupfen oder Nasenbluten. Nach dreiunddreißig Bestrahlungen und anschließender Chemotherapie ohne irgendwelche Nebenwirkungen entließ man mich als geheilt. Ich ging nicht einmal zu den Nachuntersuchungen, fand die völlig überflüssig. Bis heute ist da auch nichts mehr aufgetreten. Nach diesen dreizehn Jahren wusste ich: der Krebs blieb verschwunden.

Später hatte ich einen blöden Motorradunfall. Bei Schrittgeschwindigkeit kam ich an den Bordstein und kippte zur Seite. Obwohl an der Maschine nichts kaputt ging, es gab nicht mal Kratzer, erwischte es mich umso heftiger. Ein angebrochenes Knie und drei Rippenbrücke waren das Resultat. Da gleichzeitig die Augen immer schlechter wurden, verkaufte ich schweren Herzens meine heißgeliebte Honda Bol d' Or neunhundert. Damit endete meine fast vierzigjährige, ansonsten unfallfreie Motorradzeit.

Was mich im Alter aber mehr und mehr nervte war die zunehmende Oberflächlichkeit der Leute. Als Mann mit vierundsiebzig war man für die meisten Frauen alt, hässlich, zu klein in meinem Fall, zu groß für einige, zu intelligent für wieder andere usw. Schließlich kam Corona. Beziehungen gingen in die Brüche, eine langjährige Freundin und meine zweiundneunzigjährige Mutter verstarben kurz nacheinander. Ich rutschte, zunächst fast unmerklich, in die Einsamkeit, was mir trotz meiner langjährigen Freundin und zahlreicher Hobbies nicht gut bekam. Schließlich erfuhr ich, dass mein Körper unter einem Vitamin B-zwölf-Mangel litt. Mein Magen konnte es nicht aus der Nahrung aufnehmen. Spritzen wiederum ließ ich mir nur gelegentlich geben, weil jedes Mal ein zeitraubender Arztbesuch nötig war. Es kam wie es kommen musste: die Krämpfe in den Beinen meldeten sich immer öfter und wuchsen zuletzt stark an, ebenso das Kribbeln in den Füßen. Magnesium half da auch nur bedingt; die Schmerzen suchten mich vor allem nachts heim. Ich konnte nicht mehr durchschlafen. Das war der Zeitpunkt, an dem ich entschied, mein Leben zu beenden. Ich hatte ja immer gut gelebt und konnte ruhigen Gewissens von der Welt gehen, ich habe so gut wie nichts verpasst.

Auf einer meiner Motorradtouren in den Süden entdeckte ich vor Jahren die Verdon-Schlucht in Südfrankreich, nahe Nizza oder Cannes gelegen. Eine unglaubliche Landschaft: gewaltige Felswände, die bis zu fünfhundert Meter senkrecht in die Tiefe zum vergleichsweise winzigen Flüsschen Verdon hinabreichten. Etwa in der Mitte der Schlucht verbindet eine mächtige Brücke die beiden Steilufer, die Pont de'l Artuby. Mit fast zweihundert Metern Höhe ist sie eine der höchsten in Europa. Von da an plante ich, hier eines Tages meinen Suizid zu begehen. Irgendwann würde ich mir das Leben nehmen indem ich hinunter sprang. Zweihundert Meter Fall auf nackten Felsboden: das gab mir die Garantie, dass ich sofort tot wäre und nicht mal mehr den Aufschlag spüren würde. Meine Einsamkeit, aber vor allem die oft schier unerträglichen Schmerzen in den Füßen waren Motivation genug für diesen Schritt. Dass es aber völlig anders lief als erwartet, ist wiederum Grund genug, die ganze, doch ziemlich abenteuerliche Geschichte nieder zu schreiben. Aus dieser Idee entstand letztendlich das vorliegende Buch.

Ich wünsche trotz der Tragik viel Vergnügen beim Lesen!

Wie es begann und die Idee dazu

Der Auslöser war natürlich meine Beine, speziell der linke Fuß. Eines Nachts waren die Schmerzen kaum auszuhalten, und ich nahm zwei Ibu-Schmerztabletten auf einmal. Ich wusste, dass mir eine allein nicht half. Zudem drückte meine Blase, obwohl sie nicht gefüllt war, wie mir ein schneller Klobesuch zeigte. Ich hatte die Nase voll und dachte: das sei jetzt der richtige Augenblick.

Ich stand auf, es war vier Uhr morgens. Weil ich ohnehin nicht einschlafen konnte setzte ich mich an meinen PC. Für einen Flug nach Südfrankreich hatte ich nicht genug Geld. Ich musste vom Flughafen ja noch irgendwie bis zur Schlucht kommen. Dorthin ging kein öffentlicher Verkehr, keine Bahn, nicht mal ein Bus. Ich war also gezwungen, mir ein Taxi zu nehmen.

Möglicherweise könnte ich mit Touristen dorthin mitfahren, dachte ich, per Trampen, aber wer weiß, ob mich in meinem Alter noch jemand mitnahm. Was ein Taxi kostete ließ sich nicht in Erfahrung bringen, aber ich schätzte mal so um die fünfzig bis achtzig Euro. Das wäre gerade noch zu verkraften.

Also verfiel ich statt auf einen Flug auf die Bahn und kalkulierte mindestens zwei Tage für die über zweitausend Kilometer lange Strecke ein. Gesagt, getan. Ich buchte kurzerhand ein Ticket für den nächsten Tag. Das war bei Gott keine gute Wahl, wie sich sehr bald herausstellen sollte.

Meine geplante Reiseroute sollte mich von Hamburg über Frankfurt, Basel und in die Schweiz nach Grenoble führen. Dort gab es Regionalbahnen und auch Busse, die mich über Annexy, Sisteron schließlich bis nach Castellane bringen würden, dem Ausgangspunkt für die Fahrt in die Schlucht. Ab hier war dann das Taxi gefragt.

Ich buchte nur die Hinfahrt. Das war mein zweiter Fehler. Falls etwas schief ging konnte ich nicht mehr zurück. Das wollte ich ja auch gar nicht. Gepäck brauchte ich für die zwei, drei Tage unterwegs keines, ich dachte, somit wäre das eine leichte Tour. Als Absicherung gegen Schmerzen unterwegs steckte ich lediglich einige Ibu-Tabletten ein, auch Magnesium und einige wenige gegen meinen Bluthochdruck. Ich wollte nicht, dass ich unterwegs litt.

Allerdings unterschätzte ich meine physische Verfassung. Meine Euphorie verschwand, als ich im Zug saß. Die Bahnfahrt nach Frankfurt dauerte fast sechs Stunden, nicht sonderlich lang, aber schon in dieser Zeit quälten mich die Füße mehr als sonst. Weitere vier Stunden Aufenthalt in einer Wartehalle, von zahlreichen Junkies und etlichen Bettlern umgeben, brachten mir die Einsicht, dass ich die möglicherweise mehr als eineinhalb tausend Kilometer nicht ohne weiteres schaffen würde.

Ich wanderte ein wenig durch die nahe gelegenen Straßen Frankfurts. Ich brauchte dringend etwas zu trinken. Im Bahnhof selbst war alles geschlossen, die Geschäfte würden erst wieder um fünf Uhr öffnen.

Mit wenigen Schritten war ich in der Kaiserstraße und bog ab in die Elbestraße. Ich wollte immer schon mal die Rotlichtviertel von Frankfurt sehen, auch wenn ich keine Ambitionen hegte, mich dort zu vergnügen. Aber ich hatte einfach heftigen Durst, und eine warme Gaststätte war mir dabei lieber als die anonyme Bahnhofshalle. Vor allem war hier im Viertel noch alles geöffnet. Ich entschied mich für die Dauer meines Aufenthalts für den Besuch eines Reggae-Clubs. In Ruhe bestellte ich mir an der Theke eine Cola, verzog mich in eine Ecke und hing zu den Tönen von Bob Marley meinen Gedanken nach.

Da mir die Füße keine Ruhe gaben und die Schmerzen sich verschlimmerten änderte ich kurzfristig meinen Plan. Ich beschloss, die Reise vorerst abzubrechen. Ich würde mich für einen zweiten Versuch etwas besser vorbereiten und dann erneut starten. Mit Hilfe des Deutschland-Tickets war ich sieben Stunden später wieder in Hamburg.

Meine Freundin hatte mich insgeheim erwartet. Sie glaubte nicht, dass ich von der Verdon-Brücke springen sondern vorzeitig zurückkehren würde. Sie kannte mich wohl besser als ich selbst. Mit ihrem Wissen über mich hatte sie also recht, wenn auch andere Gründe als die Angst vor dem Sturz vorherrschten. Davon ahnte ich aber zu dieser Zeit noch nichts.

Ein zweiter Versuch

Wieder zurück brauchte ich eine Weile, bis ich den Mut fand, es ein weiteres Mal zu versuchen. Ich hatte durch den ersten Versuch bereits viel Geld ausgegeben. Verzweifelt wartete ich auf den Ersten des Monats, um wieder genügend Euro zu haben. Mit meiner kleinen Rente inklusive aufstockender Grundsicherung war es nicht mehr so einfach, auf die Schnelle ins Ausland abzuhauen. Dann suchte ich im Internet einfach aus Neugier mal nach Flügen. Ich hatte mich bisher nie zuvor für Billigflüge interessiert, aber in diesem Fall dachte ich, einfach mal gucken. Mit der Bahn erschien mir die Strecke doch viel zu lang. Mit dem Flieger wäre ich in zwei Stunden im Süden. Ich brauchte ja keinen Komfort für die zwei oder drei Stunden in der Luft, und mir würde auch ein einfaches One-way-Ticket genügen.

Tatsächlich fand ich einen extrem günstigen Flug. Eurowing bot den einzigen noch freien Platz in einem Airbus mit neunundsiebzig Euro von Hamburg nach Nizza an. Das war die Gelegenheit und ich schlug sofort zu. Günstiger kam ich nichts ans Mittelmeer, und das in weniger als zwei Stunden. Ab Nizza gab es dann einen Bus nach Comps im Landesinnere. Von hier aus betrug die Entfernung bis zur Brücke, von der ich springen wollte, nur noch zirka sechzig Kilometer. Also würden sich die Taxikosten ebenfalls in erträglichen Grenzen halten. Meine Laune stieg schlagartig an. Nur noch zwei Tage, bis meine Schmerzen Geschichte waren.

An dieser Stelle möchte ich mich rückblickend noch einmal ganz herzlich für die Hilfe meiner Freundin bedanken. Sie war natürlich eingeweiht, da ich wusste, dass sie mich verstand und auch nicht versuchen würde, mich zurück zu halten. Wir hatten beide keine Angst vor dem Tod und sprachen öfter über das Sterben und das Leben im Jenseits. Wir wollten während der restlichen Zeit, bis „es" passiert war, in Verbindung bleiben.

Die letzte Nacht in Hamburg schlief ich nur zwei Stunden. Ich war zwar glücklich, aber dennoch ziemlich aufgeregt und auch ein wenig besorgt, ob ich wirklich springen würde. Meist ist es ja so, dass man in letzter Konsequenz doch feige ist. Für mich schloss ich das aus, da ich weder Angst vor dem Tod hatte, noch Lust auf weiteres Überleben mit Schmerzen, die zunehmend unerträglicher wurden. Besonders diese Nacht brachten sie mich schier zur Weißglut.

Als Gepäck nahm ich nur eine kleine Fototasche mit, darin ein Handy, das ich erst seit wenigen Tagen besaß und mit dem ich mich noch nicht so richtig auskannte. Außerdem mehrere Tabletten, falls ich auf die Schnelle keinen Taxifahrer fand und möglicherweise noch einen oder zwei weitere Tage mit Warten verbringen musste. Wer weiß, ob der Driver nicht Lunte roch und mich an dieser einsamen Ecke vielleicht nicht absetzen würde? Für diesen Fall hatte ich mir eine plausibel klingende Geschichte zurechtgelegt. Nach dieser sollte ich mich hier mit einem Freund treffen, der mich dann abholte und für einen einwöchigen Urlaub zu sich nach Hause nahm. So weit, so gut.

Außerdem nahm ich dieses Mal eine Handvoll belegter Brote mit, einen kleinen Block mit Kugelschreiber, eine Sonnenbrille, meine Lesebrille und ein Buch, um mir die Zeit bis zur Verdon-Schlucht zu vertreiben. Schließlich noch eine Anzahl Süßigkeiten. Ich war süchtig nach Milkyway und steckte einen ganzen Beutel davon ein. So fand ich mich für dieses Mal ausreichend gerüstet.

Der Flieger sollte um zehn starten. Das hieß zwar, dass man früh aufstehen musste, aber das Gute war, dass es von meinem Wohnort eine direkte S-Bahn zum Airport gab. Als ich mich rechtzeitig am Flughafen einfand hatte sich die Abflugzeit jedoch um eineinhalb Stunden verschoben. Ich hoffte inständig, dass ich trotzdem noch den Bus in Nizza erreichte. Dort gab es nämlich nur ein Zeitfenster von zwei Stunden zwischen Ankunft des Fliegers und Abfahrt des Busses, und der fuhr leider nur einmal täglich. Ärgerlich war lediglich die lange Wartezeit durch die Verzögerung am Flughafen.

Ich hatte lange nicht mehr in einem Flugzeug gesessen und fand es diesmal sehr entspannt. Das mitgenommene Buch war spannend, und die zwei Stunden flogen nur so vorbei. Die Maschine war bis auf den letzten Platz besetzt, und ich war froh, noch einen Platz bekommen zu haben. Zwar in mittlerer Position, links und rechts zwei wie Gänse unermüdlich schnatternde Mädchen, aber immerhin musste ich die nur zwei Stunden ertragen, anstelle einer tagelangen Bahnfahrt. Zwar machten meine Füße erwartungsgemäß Probleme, aber dank einer Schmerztablette hielt sich das in erträglichen Grenzen.

Eurowings hatte sich schlussendlich doch noch beeilt und landete einige Minuten früher als vorgesehen. Der Anflug auf Nizza war allein schon eine Reise wert. Der Airport war direkt ins Meer gebaut, und man konnte während der Landung zahlreiche Yachten in der weitläufigen Bucht beobachten. Das Wasser strahlte postkartenblau wie der Himmel und versprach Urlaubsfeeling, auch wenn mir nicht nach Urlaub zumute war. Da der Jet etwas früher landete als vorgesehen, würde ich also meinen Bus noch schaffen.

Erleichtert trat ich aus der Ankunftshalle und war überrascht über die Wärme, die mir entgegen schlug. Satte zweiunddreißig Grad herrschten in der Stadt. Die Luft roch regelrecht nach Urlaub. Da die Temperatur in Hamburg unter zwanzig Grad lag, hinderte mich meine wärmende Jacke, die ich mir für kühlende Abende vorsorglich mitgenommen hatte, augenblicklich bei den hohen Temperaturen. Allerdings wollte ich sie noch nicht entsorgen, da ich nicht wusste, ob ich sie bis zur Ankunft an der Verdon-Schlucht noch für eine Nacht brauchte. In den Bergen konnte die Luft schnell ziemlich abkühlen. Schwitzend und mit schmerzenden Füßen schlurfte ich zur Information. Ich wusste nicht, wo sich die Busstation befand.

Ein erster kleiner Schock tat sich auf als ich feststellte, dass kaum jemand englisch sprach. Nicht einmal die Dame am Infopoint war entsprechend geschult. Ich selbst bin des Französischen leider auch nicht mächtig. Schließlich fand ich einen Flughafenangestellten, der mir den Weg zeigte. Es waren lediglich zweihundert Meter, aber dort angekommen gab es dann den zweiten Schock. Auf der weitläufigen Fläche standen nur mehrere Busse der Firmen Blablacar und Flixbus.

Die fuhren weder in die beabsichtigte Richtung, noch waren sie zu buchen. Das ging nur online. Öffentliche Buslinien waren offensichtlich woanders stationiert. Aber wo? Wo blieb mein Bus der Linie einundfünfzig?

Verzweifelt wandte ich mich an einige Passanten, bis ich endlich jemanden fand, der englisch konnte und mich zur nächsten Station, zum Terminal zwei schickte. Sie war zwar nur eine Haltestelle mit der kostenlosen Flughafen-Tram entfernt, aber inzwischen lief mir die Zeit davon. Nur noch zehn Minuten. Leider zu kurz, um den Bus noch zu schaffen. Als ich den Terminal erreichte sah ich ihn gerade davon fahren. Jetzt war guter Rat teuer.

Ich ging in die Ankunftshalle des Flughafens zurück, setzte mich auf eine Bank und dachte nach. Momentan hatte ich noch insgesamt vierhundertsiebzig Euro bei mir. Eigentlich sollten die reichen, dachte ich. Nehme ich mir halt für eine Nacht ein Zimmer in einem Hotel und dann den Bus am nächsten Tag. Allerdings vergaß ich, dass ich mich mitten in der Urlaubszeit befand. Auch nach zahlreichen Anfragen in den umliegenden Hotels war absolut kein Zimmer zu bekommen. Bei einigen wenigen, die verfügbar waren begannen die Preise bei dreihundert Euro pro Nacht an. Für mich nicht bezahlbar. Natürlich brauchte ich ja auch noch etwas Geld für essen und trinken. Auch der Bus einundfünfzig musste bezahlt werden. Schließlich war nach der Ankunft an der Endhaltestelle der Buslinie für die restlichen sechzig Kilometer noch das Taxi zur Brücke nötig.

Ich fing an zu rechnen und beschloss, dass ich da auch gleich mit dem Taxi zur Verdon-Schlucht fahren könnte. Das würde sicherlich nur um die hundertfünfzig bis zweihundert Euro kosten. Leider irrte ich mich auch da gewaltig. Als ich den nächsten erreichbaren Fahrer nach dem Preis fragte nannte er mir die astronomische Summe von rund vierhundert Euro. Es sei eine zweistündige Fahrt, erklärte er bedauernd, und er müsste ja auch noch wieder zurück nach Nizza.

Ich war untröstlich. Mit solchen Schwierigkeiten hatte ich natürlich nicht gerechnet. Als ich ihm erklärte, dass ich zwar unbedingt hin- müsse, aber nicht so viel Geld hätte, handelten wir schließlich einen Preis von dreihundert Euro aus, den ich notgedrungen zahlte. Mir blieb angesichts meiner eingeschränkten Mittel einfach keine andere Wahl. Meine Barschaft betrug nach dieser Fahrt nur noch hundert- siebzig Euro, was mir in Anbetracht meines Vorhabens allerdings trotzdem noch als ausreichend erschien.

Maurice entpuppte sich immerhin als ein geduldiger und freundlicher Fahrer, und er sprach zu meiner Erleichterung ein sehr gutes Eng- lisch. Ein Lichtblick!

Das Abenteuer beginnt

Nizza, englisch „Nice", ist eine wunderbare Stadt direkt an der weltberühmten Cote d' Azur. Mondän an der Uferseite des Mittelmeers, mit Hotels, die bis zu viertausend Euro die Nacht kosten, aber auch versehen mit einer verträumten, verwinkelten Altstadt, nicht weit davon entfernt. Ein Sandstrand, der sieben Kilometer lang ist, und im Hintergrund die Ausläufer der Seealpen.

Ich war viele Male in Nizza. Mit meiner damaligen Partnerin hielten wir uns während unserer Tandemreise drei Wochen hier auf, zelteten direkt auf dem Strand. Damals zur Hippiezeit galt das noch. Der ehemalige Bürgermeister hatte seinerzeit ein Dekret herausgebracht, nach der das Zelten für die Hippies auf dem Strand erlaubt war, vorausgesetzt, sie verließen bis morgens um neun den Strand im ordnungsgemäßen und sauberen Zustand. Daran hielten wir uns alle, und nie bekamen wir Ärger, direkt in Sichtweise der Luxushotels unser Lager aufzuschlagen.

Wir starteten in Nizza vom Terminal zwei. Mit einem letzten Blick auf die Skulptur vor dem Flughafengebäude, mit dem Herz und dem Slogan: „I love Nice" verließen wir die Stadt. Die Klimaanlage summte leise, während das Taxi sich in den Zubringer zur Autobahn einfädelte. Viel Verkehr herrschte trotz der Urlaubszeit allerdings nicht. Es war sehr warm, und die meisten Urlauber lagen wohl am Strand oder an ihren Hotelpools. Die Autobahn war kaum befahren, und so erfolgte die Reise sehr entspannt. An Cannes und kurz danach an den Roten Bergen vorbei bogen wir eine Stunde später zur Staatsstraße D1555 ab. Damit kamen wir in das Gebiet der Seealpen.

Die Landschaft präsentierte sich umwerfend und fantastisch. Sehr viel Grün begrenzte links und rechts das Asphaltband. Es gab nur kleine Dörfer, die zum Teil nicht einmal an das öffentliche Busnetz angeschlossen waren. Immerhin befand sich die Straße in gutem Zustand. Keine Schlaglöcher, die Seitenstreifen befestigt. Sie stieg leicht, aber unaufhörlich an. Erstaunlicherweise waren sehr wenige Touristen unterwegs. Wir hatten kaum Gegenverkehr, obwohl es eine ausgewiesene Urlaubsgegend ist. Meine Gedanken reisten spontan mehr als vierzig Jahre zurück. Damals war ich mit Erika, meiner Frau und einem Tandem auf Europareise, und wir passierten diese Landschaft radelnd. Jetzt, mit einem Taxi, eröffnete sich eine ganz andere Welt. Die Landschaft wurde zunehmend hügelig.

Der Verdon ist die zweitgrößte Schlucht Europas, und mit bis zu siebenhundert Meter ansteigenden Steilwänden auch die tiefste. Früher ein eher unbekannter Canyon, den wir damals nur zufällig entdeckten, ist seit einigen Jahren aber ein touristisches Highlight in Südfrankreich. Aus großer Höhe wirkt der Verdon wie ein Vorgarten-Flüsschen, ist teilweise ausgetrocknet und kaum zu sehen.

Maurice war sehr gesprächig, und die Unterhaltung ließ die Zeit wie im Flug vergehen. Eigentlich hätte er in einer Stunde seinen Arbeitstag beenden sollen. Der begann schon morgens um sechs, aber die lange Fahrt kam ihm natürlich gerade recht. Zehn Kilometer hinter der kleinen Ortschaft Aups erreichten wir den Lac de Croix, den zweitgrößten See Frankreichs. Wie ein Stück blauen Himmels lag er verwinkelt zwischen den Bergen. Hier endete die Verdon-Schlucht, das Flüsschen ergoss sich direkt in den See.

Es dauerte allerdings noch ein weiteres Dutzend Kilometer, bis wir plötzlich gemeinsam feststellten, dass das Navigationsgerät im Taxi eine falsche Strecke berechnet hatte. Statt auf die rechte Seite des Sees lotste es uns auf die linke Seite.

„GPS ist Mist" ärgerte sich Maurice. „Du musst das natürlich nicht bezahlen" entschuldigte er sich für die Zeit, die ich durch ihn jetzt verloren hatte, aber ich beruhigte ihn.

„Das ist nicht so schlimm, Maurice. Wir schaffen das sicherlich noch rechtzeitig." Aber es war der Zeitverlust, der ihn selbst belastete.

„Ich habe eine Tochter, die muss ich heute Abend eigentlich um achtzehn Uhr treffen. Jetzt kann ich den Termin nicht mehr einhalten, und morgen ist sie wieder bei ihrer Mutter." Das tat mir ehrlich Leid für ihn, aber es war leider nicht mehr zu ändern.

Ab Aups machte die Strecke meinem Magen heftige Probleme. Die zahlreichen Schlenker und Kurven forderten gnadenlos meinen Gleichgewichtssinn heraus und lösten bei mir eine Art Seekrankheit aus. Zweimal musste ich Maurice bitten, schnell anzuhalten, weil ich kurz vor dem Spucken stand. Zudem machten sich Kopfschmerzen und leichte Schwindelanfälle breit. Daher war ich mehr als froh, als wir eineinhalb Stunden später als geplant endlich gegen sieben die Brücke Pont de l' Artuby erreichten, den Endpunkt meiner Reise. Ich hatte Maurice zuvor eine erfundene Geschichte erzählt. Ich sollte hier angeblich von einem Freund erwartet werden, aber als wir auf dem angeblich vereinbarten Platz parkten war niemand zu sehen.

„Bist Du sicher, dass das hier richtig ist?" fragte er mich, als ich ausstieg. Natürlich stimmte das nicht, aber ich versicherte ihm, der Freund würde mich ganz sicher abholen.

„Mein Flieger war ja verspätet, ich habe den Bus nicht erreicht, also wird er von Zeit zu Zeit nachsehen ob ich angekommen bin. Es ist die einzige Möglichkeit, mich zu treffen, und er hat bisher immer Wort gehalten."

Ich glaubte nicht, dass Maurice mir das wirklich abnahm, aber schließlich konnte ich ihn überreden, mich tatsächlich allein hier zurück zu lassen.

„Ich hoffe für Dich, dass er kommt" meinte er zerknirscht. „Hier wird kaum noch jemand vorbeifahren, und dann musst du die ganze Nacht am Canyon allein verbringen. Bist du wirklich sicher?

„Alles ist okay, beruhigte ich ihn, „du kannst gern losfahren. Er kommt bestimmt." Ich nickte ihm zu. Mit einem letzten zweifelnden Blick startete er schließlich seinen Wagen und fuhr davon.

Ich war inzwischen müde und hungrig. Dazu die heftigen Kopfschmerzen. Ein Dampfhammer verrichtete wohl in meinem Kopf sei-

ne Arbeit. Ich hatte in Hamburg vor dem Flug nicht mal gefrühstückt und auch sonst mangels Gelegenheit nur zwei Cola getrunken. Das Restaurant nahe der Brücke gelegen war unglücklicherweise geschlossen. Dort hatte ich mir Essen und Trinken erhofft, sowie eine Internetverbindung zu meiner Freundin. Als ich in Gedanken versunken über die gewaltige Brücke wanderte, entdeckte ich auf der anderen Seite ein kleines Behelfsrestaurant, eher eine Art Kiosk mit ein paar Tischen und Stühlen daneben. Auf zweien dieser Tische hatte eine junge Frau Souvenirs für Touristen aufgebaut. Erstaunlicherweise waren aber gar keine Touristen anwesend.

„Die kommen so spät nicht mehr" meinte die Besitzerin und begann, den Platz für die kommende Nacht vorzubereiten, die letzten Stücke einzupacken und zu verstauen. Hinter der kurzen Theke sah ich, dass in einem der Regale noch etwas Brot vorhanden war und kaufte das letzte Baguette mit Käse und Schinken. Endlich essen! Ich setzte mich hin, und während ich aß kamen die ersten Fragen von ihr. Sie hatte beobachtet, dass ich mit einem Taxi vorgefahren kam, kein Gepäck mitführte, aber das Auto ohne mich wieder abfuhr. Das kam ihr höchst merkwürdig vor. Immerhin sprach sie ein gutes Englisch.

„Wie kommen Sie denn von hier wieder weg?" Sie schaute mich mit einem prüfenden Blick an. „Ich mache hier den Laden zu, ich kann Sie hier nicht sitzen lassen. Hier kommt auch so spät am Abend niemand mehr vorbei."

Ich erzählte ihr die gleiche Geschichte mit dem imaginären Freund wie dem Taxifahrer, dass ich den leider verpasst hätte, er aber sicher bald erscheinen würde. Mir wurde langsam mulmig zumute. Ich konnte mich doch nicht von der Brücke stürzen, während sie noch anwesend war und womöglich zuschaute. Ihre nächste Frage machte mir klar, dass sie aber ahnte was ich vorhatte.

„Wollen Sie sich etwa da hinunter stürzen?" Sie deutete auf die Brücke.

„Um Himmels willen" rief ich theatralisch. „Ich hab doch eben Fotos davon gemacht. Warum sollte ich erst fotografieren und mir dann das Leben nehmen? Das ist doch unlogisch." Sie war nicht überzeugt.

„Rufen Sie doch ihren Freund an und sagen Sie ihm, dass Sie hier sind" Ich beichtete ihr, dass wir uns hier treffen wollten, ich aber keine Nummer von ihm hätte, und selbst wenn, könnte ich das Handy gar nicht nutzen, da es hier offensichtlich kein Internet gab.

„Er wird mich ganz sicher abholen", sagte ich und wanderte ein paar Schritte an der Schlucht entlang. Ich spürte meine brennenden Füße und hoffte, dass die Bewegung mir ein wenig Linderung verschaffte. Als ich wenige Minuten darauf zurückkam war sie gerade mit dem

Einpacken der Souvenirs fertig und schob die Tische zusammen. Ich machte mir langsam Sorgen, dass sie mir nicht glaubte und vielleicht die Polizei rufen würde.

„Ich habe hier Internet" sagte sie und gab mir ihr Handy. „Rufen Sie ihren Freund an."

„Das geht wirklich nicht", beteuerte ich, „ich kenne seine französische Nummer nicht auswendig. Er wohnt hier in Trigance und ich kann ihn leider nicht erreichen." Den Ort hatte ich spontan gewählt, weil ich den auf einer Landkarte las. Aber das war falsch, wie ich gleich erfuhr.

„Ich kann Sie nach Trigance fahren, das sind nur fünfzehn Kilometer, und ich kenne fast alle Leute im Ort" sagte sie. Langsam wurde es gefährlich für meine Geschichte. Wenn sie alle möglichen Menschen dort kannte, dann vielleicht auch meinen imaginären, nichtexistenten Freund, von dem ich natürlich nicht mal einen Namen wusste.

„Ich kann nicht weg" sagte ich daher. „Nachher sind wir unterwegs, während er vielleicht gerade dann hier ankommt."

„Es gibt nur diese eine Straße hier" meinte sie. „Wenn er uns entgegenkommt, können wir ihn gar nicht verpassen." Sie ließ nichts unversucht.

„Nein, ich möchte lieber hier bleiben." Meine Stimme war fest und entschlossen. „Ich freue mich wirklich, noch ein wenig allein zu sein und das unglaublich imposante Panorama auf mich wirken zu lassen" log ich unbekümmert. Schließlich gab sie auf, allerdings immer noch zweifelnd.

„Ich werde nachher noch mal nachschauen" versprach sie. „Ich muss hier immer ein wenig aufpassen. Es gibt in letzter Zeit viele Selbstmörder, und ich bin hier auch in Abständen zur Wache eingeteilt. Ich möchte Sie morgen nicht dort unten am Boden der Schlucht liegen sehen. Versprechen Sie mir, dass Sie nicht hinunter springen werden?"

Selbstverständlich versprach ich es, und es war mir in dem Moment egal, dass ich das Versprechen nicht einhalten würde. Ich war nur noch müde, meine Füße brannten wie Feuer und in meinem Kopf tanzten eine Unmenge Teufel. Ich wollte nur noch Ruhe haben.

Schließlich ließ sie sich überzeugen, stieg in ihren kleinen Transporter und fuhr ab. Ich atmete erleichtert auf, wartete noch eine ganze Weile, dann bereitete ich mich auf den letzten Gang vor. Ich versteckte meine gesamten Papiere in einer der Felsspalten, damit ich sie nicht bei mir trug. Somit konnte ich nicht sofort identifizieren werden. Das war mir wichtig, weil meine Freundin dann noch etwas Zeit hatte, die letzten Spuren meines Lebens zu verwischen.

Da war das Finanzamt, dem ich noch eine Menge Steuern schuldete und die der Staat sicherlich von meinem Erbe einzog. Außerdem waren da noch persönliche Gegenstände in meiner Wohnung, die niemand etwas angingen und die sie vorher in Sicherheit bringen sollte. Meine letzten hundertsechzig Euro legte ich zusammen mit einem kleinen Zettel in eine Kiste, versteckt unter die Bank neben dem Kiosk. Die Besitzerin würde meine Hinterlassenschaft schon finden, da war ich mir sicher. Auf dem Zettel hatte ich ihr kurz erklärt, dass ich mein Versprechen nicht einhalten konnte und ihr als Wiedergutmachung das Geld schenkte. Danach machte ich mich auf den Weg zur Mitte der Brücke. Der Weg nach Canossa, oder der Weg zu meiner Befreiung? Ich wusste es nicht.

Es waren knapp hundertsechzig Meter Höhenunterschied bis hinab auf das felsige Flussbett, meiner Meinung nach sollte das reichen. Kein Gras, kein Busch würde meinen Sprung bremsen. Mit großer Mühe schaffte ich es, ein Bein über die ungewöhnlich hohe Mauer zu hieven. In diesem Moment tauchte ein weißes Auto an der Brücke auf. Erschrocken zog ich mein Bein auf den Boden zurück. Es war die Besitzerin des Kiosks, die zurückkehrte. Sie stoppte ihren Wagen und stürzte heran.

„Sie wollen ja doch springen" rief sie und hielt mich am Ärmel fest. „Ich wusste es! Bleiben Sie hier. Warum wollen Sie sich das Leben nehmen?"

„Das will ich ja gar nicht" entgegnete ich. Ich versuchte, meinen Worten einen unbeschwerten Klang zu geben. „Ich hab mich nur auf die Mauer gestützt weil ich dann besser sehen kann. Sie ist ziemlich hoch."

„Die ist durchaus mit Absicht so hoch gemauert worden" sagte sie und schaute prüfend an mir herunter. Ich trug nur meine kleine Kameratasche bei mir. „Wo haben Sie ihr Gepäck?"

„Ich habe keines" beteuerte ich. „Das wird mir in den nächsten Tagen vom Flughafen nachgeschickt. Ich bin ja bei meinem Freund für eine Woche im Urlaub." Sie schüttelte den Kopf, und mir war klar, dass sie mir nicht glaubte. Ich an ihrer Stelle hätte es, ehrlich gesagt, ebenso wenig geglaubt.

„Okay, Sie müssen wissen was sie tun. Versprechen Sie mir, nicht zu springen? Das Leben ist viel zu schade, um es wegzuwerfen."

„Ich verspreche es" sagte ich mit fester Stimme. „Wirklich, Sie können gern nach Hause fahren. Ich wünsche Ihnen einen schönen Feierabend. Vielleicht sehen wir uns morgen wieder. Ich werde eine Woche in der Gegend bleiben." Ich konnte tatsächlich schamlos lügen ohne rot zu werden.

Sie warf einen letzten Blick auf mich, schüttelte nur noch ihr süßes Köpfchen. Dann stieg sie ein, wendete und ließ mich allein zurück.

Inzwischen waren aber auch mir Zweifel aufgetaucht. Als ich mit dem Bein auf der Mauer lag, bereit mich hinab zu stürzen, kamen mir plötzlich tatsächlich Bedenken. Wenn ich mich fallen ließ: was kam dann? War ich dann wirklich sofort tot? Merkte ich zum Schluss noch etwas, vielleicht nicht unbedingt körperlich, aber seelisch in Form von Alpträumen? Gab es das Jenseits wirklich? Die paar Jahrzehnte auf der Erde waren doch wunderschön gewesen, warum sich jetzt heimlich auf diese Art zu drücken? Auf einmal verließ mich der Mut, und ich setzte mich an den Straßenrand. Nie fühlte ich mich einsamer und verlassener als in dieser Minute.

Ich beschloss, diese Nacht noch einmal alles zu hinterfragen. Ich sammelte meine Papiere aus der Felsspalte wieder ein, nahm das Geld samt Zettel aus der Kiste heraus und stellte mich an den Straßenrand. Ich hoffte, dass irgendwann noch ein Auto vorbeifuhr und mich vielleicht bis ins nächste Dorf mitnahm. Es war zwar Urlaubszeit, die Straße fast ausgestorben, aber wer weiß? Vielleicht konnte ich dennoch für eine Nacht irgendwo unterkommen.

Tatsächlich hielt wenige Minuten später ein junges Pärchen und nahm mich mit, ausgerechnet nach Trigance. Ein hübscher kleiner Ort, in dem es einige noch geöffnete Kneipen gab und der mir unter anderen Umständen sicher gut gefallen hätte. Durstig wie ich war bestellte ich mir eine große Cola. Für kurze Zeit hatte ich durch das Internet des Cafes auch die Möglichkeit, mit meiner Freundin in Hamburg zu telefonieren, aber die Verbindung war einfach zu schwach. So saß ich da und grübelte vor mich hin.

Ich hatte mir schon viele Gedanken um den Tod und das Leben danach gemacht. In meiner Jugend unternahm ich schon einmal einen Selbstmordversuch. Der hätte sogar fast geklappt, wenn mich nicht ein Fremder mit seinem Hund aufgestöbert und gerettet hätte. Damals hatte ich mir vierzig Schlaftabletten besorgt und eine Flasche Whisky. Ich bin dann damals in den Wald gegangen, in eine völlig abgelegene Gegend, und ich war mir sicher, dass man mich nicht entdecken würde. Mein Retter war allerdings auch nur zufällig dort, fand mich und rettete mich in letzter Sekunde. Er hatte eine andere Strecke für seinen Hundeauslauf gewählt als sonst üblich. Zufall?

Als ich etwas später in der Kneipe nach einem Bus fragte fingen die Einheimischen an zu lachen. Hier gäbe es keine Busse. Die Touristen bräuchten keine, und die Einheimischen waren alle selbst motorisiert. Das deprimierte mich nun doch etwas. Leider war auch in Trigance kein freies Zimmer aufzutreiben, alle Hotels waren ebenfalls belegt. Eigentlich durch die Urlaubszeit ja auch kein Wunder. Inzwischen brach auch noch die Nacht an, und ich wusste nicht mehr, was ich tun sollte. Vielleicht hätte ich wirklich an der Brücke bleiben und springen sollen, kam mir in den Sinn. Ich war völlig verzweifelt.

Unschlüssig spazierte ich mit meinen brennenden Füßen die paar Meter bis zur Ausfallstraße und hoffte, jemanden zu finden, der mich vielleicht bis nach Castellane mitnahm. Möglicherweise fand ich dort eine Gelegenheit zum Übernachten. Hier in den Bergen wurde es auch langsam kühl, und ich war froh, dass ich die Jacke trotz der Hitze in Nizza noch nicht entsorgt hatte.

Wieder hatte ich großes Glück. Kaum war ich an der schon geschlossenen Tankstelle angekommen, hielt ein alter Renault. Ein junger Kerl, schätzungsweise um die zwanzig, öffnete die Tür. Er sprach leidlich englisch und lehnte meine Bitte zunächst ab.

„Ich fahre nur fünf Kilometer nach Hause" meinte er. „Das wird dir nicht helfen." Ich nickte, aber bevor er die Tür schließen konnte hatte ich plötzlich eine Idee. Ich unterbreitete ihm spontan ein Angebot.

„Ich würde dir zwanzig Euro geben, wenn du mich bis nach Castellane fährst" bettelte ich. „Das sind nur ungefähr zwanzig oder dreißig Kilometer." Er zögerte eine kleine Weile, dann sagte er:

„Das sind vierzig Kilometer." Er machte eine Pause und überlegte kurz. „Okay, egal, ich fahre dich hin. Steig ein."

Erleichtert nahm ich Platz. Der Wagen war schon älter, roch nach Öl und Benzin, und während er startete erklärte er mir, dass er Kfz-Mechaniker sei und gerne Auto fuhr. Als er einen sehr rasanten Start hinlegte bereute ich es allerdings fast sofort, dass ich eingestiegen war. Der junge Mann legte ein Tempo vor, dass mir schwindlig wurde. Dabei quälten mich inzwischen ohnehin schon rasende Kopfschmerzen durch die zahlreichen Kurvenfahrten der letzten Stunden. Mir wurde kotzelend. Mit mehr als hundert Sachen raste er über die schmale, unbeleuchtete Straße, schnitt waghalsig enge Kurven, und einmal rutschte er sogar leicht etwas zur Seite. Eigentlich wollte ich ja sterben, aber ich hatte keine Lust, durch einen Unfall eventuell im Rollstuhl zu landen. Das war nun wirklich nicht erstrebenswert.

Fast schon nicht mehr erwartet, landeten wir glücklicherweise unversehrt in Castellane. Direkt am großen Platz vor der Kirche im Zentrum Castellanes stoppte er die rasante Fahrt.

„Dort drüben ist die Bushaltestelle" sagte er noch, deutete auf die gegenüberliegende Seite und öffnete die Tür. Ich zog mein fast leeres Portemonnaie heraus und wollte ihm die zuvor vereinbarten zwanzig Euro zahlen, aber plötzlich lehnte er ab.

„Ich hab dich gern gefahren" sagte er nur. „Behalte das Geld. Es ist schon okay." Er ließ sich nicht umstimmen und beschämte mich mit seiner Großzügigkeit. Überschwänglich bedankte ich mich. Was gibt es hier für nette Menschen, dachte ich bei mir und musste auch an die sich umsonst Sorgen machende Besitzerin des Kiosks denken. Ich würde jetzt doch mein Versprechen halten und nicht springen.

Ein weiser Entschluss

Ich beschloss, jetzt doch nach Hamburg zurück zu fahren und mich dem Leben zu stellen. Ich wusste, dass es mit meiner geringen Barschaft ein weiter und beschwerlicher Weg werden würde, aber mein Entschluss stand fest. Jetzt hätte ich nur noch gern ein Zimmer. Auf dem Aushang an der Bushaltestelle sah ich, dass morgen um halb zwölf ein Bus nach Grenoble ging. Bis morgen konnte ich kaum zehn Stunden wartend auf einer Bank sitzen, zumal sich meine Füße wie flüssiges Eisen anfühlten. Das Schlimmste war, dass ich keine Schmerztabletten mehr besaß.

Was mich ein wenig entschädigte war die Live-Musik, die mir vom Platz herüber wehte. Eine irische Band gab auf einer offenen Bühne ein kostenloses Konzert. Mir fiel meine Zeit in England ein. Ich spielte selbst ein halbes Jahr in einer Band, allerdings in einer Rockgruppe. Das war fast fünfzig Jahre her. Damals tourte ich durch zahlreiche Städte in England, war in Manchester, Liverpool, und vielen anderen Orten. Damals lernte er die irische Musik kennen und lieben.

Wie gerne hätte ich hier den Abend verbracht, doch es war mir nicht vergönnt, lange zuzuhören. Schon die zehn Meter zu einem noch freien Platz vor der Bühne brachten mich vor Schmerz fast um. Ich konnte nicht mehr stehen und hielt die Beine im Sitzen weit von mir gestreckt, um sie zu entlasten. Ich musste an mich halten, um nicht loszuschreien. Solche Schmerzen hatte ich bislang noch nie erlebt. Die herrliche Musik konnte mich davon leider nicht ablenken.

Nach einer Weile ließ die größte Pein etwas nach, und mit viel Willenskraft und Mühe erhob ich mich und schritt einmal um den kleinen Platz herum. Es gab etliche Hotels, teure und auch kleine, billigere, aber alle signalisierten schon auf einem Zettel an der Eingangstür: ausgebucht! Nichts zu machen! In mir tauchten erneut Zweifel auf. Hätte ich mich vielleicht doch überwinden und mich in die Tiefe fallen lassen sollen? All meine Schmerzen und Sorgen wären schon längst vorbei.

Schließlich meinte der Angestellten eines Cafes, ich solle es mal im Hotel drüben neben der Kirche versuchen, das wäre ein Zwei-Sterne-Hotel, und eventuell hätten die noch ein Zimmer frei. Mit wenig Hoffnung legte ich die paar Meter zurück und traf an der Rezeption auf eine junge Frau, die in ihrer Herberge tatsächlich noch ein freies Zimmer hatte, das allerletzte.

„Es ist nur klein und wir haben keinen Pool" entschuldigte sie sich in einem fast perfekten Englisch, aber das war mir in meinem derzeitigen Zustand völlig egal. Eigentlich genügte mir nur ein winziges Bett für die kommende Nacht. Ich musste mich dringend lang machen. Der ganze Tag war sehr anstrengend gewesen. Außerdem hatte ich durch den rasanten Fahrstil des jungen Mannes und die zahlreichen Kurven massive Kopfschmerzen bekommen.

„Soll ich gleich bezahlen oder morgen früh?" fragte ich und zog meinen Geldbeutel heraus. Doch sie winkte müde ab.

„Sie können morgen bezahlen wenn Sie das Hotel verlassen."

Sie gab mir den Schlüssel und zeigte mir das Zimmer. Es war die Nummer fünf im zweiten Stock. Ihr Vertrauen war grenzenlos. Sie wollte nicht einmal einen Ausweis von mir sehen. Sehr ungewöhnlich für ein Hotel, auch wenn es angeblich nur zwei Sterne besaß.

Nachdem sie mich verlassen und die Treppe nach unten genommen hatte legte ich mich aufs Bett, aber kaum waren meine Beine ausgestreckt schwollen die Krämpfe wieder an, und ich biss in meine Faust, um nicht laut schreien zu müssen. Ich schluckte gleich zwei Magnesium-Tabletten auf einmal und hatte endlich Erfolg. Innerhalb der nächsten zwanzig Minuten später klangen die Schmerzen zum größten Teil ab, und kurz danach war ich völlig übermüdet eingeschlafen. Ich hatte mich nicht mal ausgezogen.

Der Morgen brachte eine freudige Überraschung. Mit einer einzigen, nur kurzen Klopause hatte ich wunderbare sechs Stunden geschlafen und fühlte mich relativ erholt. Es war sieben, und ich beeilte mich, aufzustehen. Ein weiterer langer Tag lag vor mir, mit vielleicht tausend oder mehr Kilometern Fahrt. Auch meine Füße hatten sich zu meiner Überraschung erholt und brannten nicht mehr so stark wie gestern Abend. Das lag sicherlich an der doppelten Menge Magnesium, die ich mir gestern Abend noch reingezogen habe, war ich mir sicher. Ich nahm noch die vorletzten Tabletten gegen Blutdruck ein und sicherheitshalber eine weitere Magnesium. Für eine Dusche gönnte ich mir nicht mehr die Zeit. Zu essen und trinken hatte ich auch nichts mehr. Das würde ich unterwegs besorgen, und nach Möglichkeit auch in einer Apotheke eine Packung Ibu. Hoffentlich gab es die in Frankreich ohne Rezept, was in Deutschland leider nicht möglich war.

Erstaunlicherweise war unten niemand anwesend als ich die Rezeption aufsuchte. Das brachte mich in eine Zwickmühle. Ich musste doch bezahlen, aber die Zeit war sehr knapp. Was sollte ich tun? Da kam mir plötzlich der Gedanke, dieses Hotel trotz des großen Vertrauens der jungen Frau gestern Abend einfach ohne Bezahlung zu verlassen. Ich weiß, das wäre ein sehr schändliches Verhalten, aber angesichts meiner Barschaft und der langen Reise, die mir bevorstand, so etwas wie Notwehr. Das redete ich mir jedenfalls ein. Beim Hinausgehen erschien eine der Putzfrauen und wünschte mir eine gute Reise. Sie war der Meinung, dass ich wohl schon bezahlt hätte und lächelte mir freundlich zu. Ich ließ sie natürlich im Glauben. Still und leise verschwand ich mit heftigen Gewissensbissen, nahm mir aber vor, von Deutschland aus das Geld für die Übernachtung ins Hotel zu überweisen, mit einem entsprechenden Schreiben. Die junge Frau, die mir gestern das Zimmer überließ, war so nett und freundlich, die wollte ich auf gar keinen Fall hintergehen.

Dennoch war mir mulmig zumute. Was, wenn sie mein Weggehen zu früh entdeckte und die Polizei rief? Ich verhielt mich betont unauffällig, blieb ruhig und schlich durch eine Seitengasse davon, wandte mich dann schnell der Hauptstraße zu. Dort wollte ich es mit Trampen versuchen. Für den Bus war es nämlich noch viel zu früh, der fuhr erst gegen elf oder halb zwölf. Außerdem wollte ich so wenig Geld wie möglich ausgeben. Meine Füße schienen mich diesmal zu unterstützen, sie machen bisher keinen Ärger. Nur schlapp war ich, und ich brauchte für die paar hundert Meter bis zum Kreisverkehr eine geschlagene halbe Stunde. Von hier aus zweigte die Straße nach Grenoble ab.

Leider hatte ich zunächst kein Glück. Das hatte ich aber schon erwartet. In Frankreich war trampen schon in früheren Zeiten um einiges schwieriger als in Deutschland. Dazu kam mein Alter. Viele Fahrzeuge rasten einfach vorbei, einige bedeuteten mir immerhin durch Zeichen, dass sie im Ort blieben oder nicht weit fuhren. Nach einer Stunde gab ich entnervt auf und wollte mich gerade auf den Weg zurück ins Zentrum begeben. In dieser Sekunde hielt tatsächlich ein Wagen, und ein freundlicher Fahrer bat mich einzusteigen. Ein Franzose, wahrscheinlich auf Urlaub, nahm mich mit bis nach Sisteron, immer-hin achtzig Kilometer.

Unendlich dankbar erzählte ich Richard freimütig die Geschichte mit der Schlucht, und angeregt unterhielten wir uns intensiv über das Thema Leben und Tod. Er hatte fast die gleiche Einstellung wie ich, und es war erfrischend, mit ihm darüber zu sprechen. Vom Verlassen des Hotels, ohne es bezahlt zu haben, schwieg ich wohlweislich. Wer weiß, vielleicht kannte er die Besitzerin? Die Kleinstadt war ja überschaubar.

Aber ich war froh über jeden Kilometer, der mich weiter von Castellane hinfort führte. Bedingt durch den zunehmenden Verkehr gelangten wir zwei Stunden später ans Ziel.

Sisteron ist ein gemütlicher kleiner Ort. Am Fluss Durance gelegen, türmt sich gegenüber dem Zentrum ein wahres Monstrum an Gebirge auf und lässt die an die Felsen gebauten Häuser wie Spielzeuge erscheinen. Der markante Steinberg ist nicht zu übersehen und thront wie ein Riese über der Stadt. Ich war vor einigen Jahren schon einmal mit dem Motorrad hier zu Besuch. Sisteron hatte sich so gut wie nicht verändert, alles war mir noch sehr vertraut.

Richard setzte mich direkt am Bahnhof ab und wünschte mir eine gute Reise. Eigentlich war geplant, ab hier mit der Bahn weiter zu reisen, aber leider verkehrte der nächste Zug erst am kommenden Tag. Mit blieb also nur der Bus, oder halt eben zu trampen. Ich entschied mich für ersteres und hatte großes Glück. Bis zur Abfahrt des nächsten Busses in weniger als einer halben Stunde war gerade noch Zeit für einen kleinen Imbiss und den wichtigen Besuch einer Apotheke. Ich bekam tatsächlich eine Packung Schmerztabletten. Ohne Rezept! Damit war mir sehr geholfen.

Der nächste zu bewältigende Abschnitt endete in Annexy. Ein weiterer, wenn auch kleiner Schritt von hundertzwanzig Kilometern in Richtung Grenoble. Wieder hatte ich mit heftigen Kopf-Schmerzen zu kämpfen, und ich dachte, dass das vielleicht auch an den zahlreichen Tabletten liegen könnte, die ich derzeit fast unkontrolliert zu mir nahm. Aber es gab wieder wie zuvor zahlreiche Kurven auf der Strecke, die mich fast an den Rand des Erbrechens brachten. Ich schien wohl durch den bisherigen Reisestress empfindlicher geworden zu sein, aber da musste ich nun durch. Immerhin entschädigte mich der Anblick der bezaubernden Gegend, die an mir vorbei flog. Viele Plätze erkannte ich wieder, an denen wir damals hielten und ich meine Filmaufnahmen schoss. Nichts hatte sich verändert. Immer noch wechselten sich riesige Sonnenblumenfelder mit dichten Buschwäldern ab. Eine grandiose, abwechslungsreiche Landschaft.

Es wird schwierig

Annexy war der nächste Zwischenstopp auf dem Weg nach Hause. Ab hier sollte es ohne langwierige Busfahrten endlich mit der Bahn weitergehen. Vorbei mit Kurvenfahrten und Kopfschmerzen. Zu diesem Zeitpunkt konnte ich allerdings noch nicht ahnen, was für Schwierigkeiten da auftauchen würden. Es begann schlicht mit einem ganz normalen Zugticket.

Da ich kurz nach achtzehn Uhr Annexy erreichte war mein Weg zum Ticketcenter umsonst: das war leider schon geschlossen. Auch die Touristen-Information war nicht mehr besetzt. Also zu einem Beamten der Polizei, der gerade in der Nähe herumstand. Leider verstanden sowohl er als auch seine Kollegin natürlich wieder kein Englisch. Nachdem wir endlich einen Reisenden ausfindig machten der uns alles ins Englische übersetzen konnte, erfuhr ich, dass ich mich zu einem der zahlreichen Automaten bemühen musste. Damit begannen die Schwierigkeiten erst recht. Der Kasten war nicht dafür eingerichtet, Bargeld anzunehmen. Er akzeptierte keine Münzen. Zahlungen waren nur mit einer Kreditkarte möglich. Ich besaß aber keine. Nun war guter Rat teuer.

Während ich noch überlegte kam ein junges schwarzes Mädchen auf mich zu. Ich muss wohl ziemlich kläglich ausgesehen haben, weil sie mich direkt ansprach. „Kann ich Ihnen helfen?" Sie war eine echte Schönheit, und aufgrund meiner unverhohlenen Bewunderung antwortete ich nicht sofort.

„Geht's Ihnen nicht gut?" unternahm sie einen weiteren Versuch.

Ich versicherte, dass alles okay wäre, ich aber wegen einem Ticket nach Genf, der nächsten Station meines benötigten Nahverkehrszuges, in ernsten Schwierigkeiten steckte. Ich erklärte ihr mein Dilemma. Sie konnte es zunächst nicht glauben und ging selbst an den Automaten. Aber wie abzusehen war, hatte auch sie kein Glück. Ziemlich dämlich schauten wir gemeinsam aus der Wäsche.

Um überhaupt etwas zu sagen fragte ich sie, woher sie denn käme. Sie wäre eine der hübschesten Frauen, die ich je sah. Okay, es war wirklich ein wenig dick aufgetragen, aber ich war tatsächlich hin und weg vom Anblick ihres Gesichts.

„Ich bin aus Guadeloupe" sagte sie. „Das gehört zu Frankreich und liegt in der Karibik." Das war mir bekannt, die Insel hatte ich selbst schon besucht. Ich erzählte ihr, dass ich schon einige Male in die Karibik reiste, auch nach Castries, St. Lucia, St. Kitts, Grenada und auch Barbados. Sie lächelte, und wir kamen angeregt ins Plaudern. Im Gegensatz zu den beiden Polizisten sprach sie ein fließendes Englisch, und die Konversation war entsprechend einfach. Plötzlich aber schrak ich hoch. Mein Zug ging in fünfzehn Minuten, und ich hatte noch immer keinen Fahrschein. Da kam mir die rettende Idee.

„Könnten Sie das Ticket für mich am Automaten bezahlen und ich gebe Ihnen dafür das entsprechende Bargeld?"

„Ja, das kann ich machen. Moment bitte." Sie kramte in ihrer Handtasche, aber dann machte sie ein langes Gesicht.

„Das geht nicht. Meine Bankkarte ist nicht gedeckt. Da ist nicht genug Guthaben drauf." Sie grübelte einen Augenblick, dann hatte sie eine Lösung.

„Ich muss zunächst zur Bank und von einem Konto auf das andere Geld überweisen. Das geht ganz schnell. Bitte warten Sie hier." Wie ein Blitz sprintete sie um die Ecke, wo ihre Bank saß. Schon im Laufen rief sie noch schnell, ich solle auf jeden Fall warten. Dann war sie weg. Was für hübsche Beine, dachte ich.

Nach fünf Minuten kam sie zurück. Sie hatte sich enorm beeilt und steckte die Karte in den nächsten Automaten. Endlich hielt ich ein gültiges Ticket in der Hand und übergab ihr die zwanzig Euro in bar. Nun wurde es aber auch höchste Zeit bis zur Abfahrt.

„Das werde ich nie vergessen", stammelte ich erleichtert und schob ihr meine Visitenkarte zu. „Wenn Sie mal nach Hamburg kommen besuchen Sie mich. Ich lade ich sie herzlich gerne zu mir ein." Ich bedankte mich für ihre große Hilfe und rannte durch den Unterführungstunnel auf das Nachbargleis. Mit letzter Kraft erwischte ich eben noch den Zug. Wieder hatte ich es auf die letzte Minute geschafft, und noch außer Puste lehnte ich mich im Sessel zurück und streckte die Beine aus. Meine Füße blieben nach wie vor relativ ruhig, aber ich stand ja auch unter einer Unmenge Tabletten. Aber das war für mich das kleinere Übel.

Schwarz durch die Schweiz

Das nächste Ziel war also Genf. Ich hatte nun satte zwei Stunden Zeit zum Ausruhen, war sogar kurz mal ein bisschen eingenickt. Doch plötzlich traten unerwartet ganz andere Probleme auf. Der einzige Zug, der heute Abend noch in Richtung Bern fuhr war ein Intercity, es gab kein Nahverkehr mehr. Und auch für die Weiterfahrt von Bern stand nur ein erneuter Express zur Verfügung. Anders würde ich aber nicht nach Basel gelangen. Da stand nun eine heikle Entscheidung an. Ich hatte nicht mehr genug Geld, um Tickets für solche Nobelzüge zu kaufen, aber ich musste unbedingt noch bis zur deutschen Grenze kommen. Ab dort konnte ich dann wieder das Deutschlandticket nutzen.

Es blieben nur zwei Möglichkeiten: entweder bis morgen auf den Nahverkehr zu warten, oder aber schwarz zu fahren. Obwohl ich mich eine ganze Weile hin und her wand, entschied ich mich letztendlich fürs Schwarzfahren. Die Rechnung war einfach: Die Fahrt nach Lausanne kostete fünfundfünfzig Euro, die Weiterfahrt von Bern, dem Umsteigebahnhof nach dem schweizerischen Basel achtundsechzig. Meine Barschaft betrug aber nur noch knapp fünfzig Euro. Würde ich also schwarz bis Lausanne fahren und von dort nur die Hälfte der Strecke nach Basel lösen, den Rest wieder schwarz zurücklegen, könnte ich gerade noch Glück haben, um gegen Mitternacht in Basel zu sein.

Eine andere Möglichkeit sah ich nicht, und so entschloss ich mich, genau dieses Szenario durchzuspielen. Noch während ich unschlüssig darüber grübelte wie ich das am besten anstellte, kam ich mit einem ziemlich elegant angezogenen Schweizer ins Gespräch, der mich auf englisch nach der Uhrzeit fragte. Ich teilte ihm meine Sorgen mit und fragte ihn ganz unverblümt, was mir ohne einen Fahrschein bei einer Kontrolle passieren würde. Musste ich mit auf die Wache, vielleicht ins Gefängnis, oder schrieb er nur meine Daten auf und sandte mir dann den Bescheid nach Deutschland?

„Das weiß ich auch nicht" entgegnete er. „Ich würde aber an Ihrer Stelle auf jeden Fall schwarzfahren. Abends gibt es kaum noch Kontrollen bei der Bahn. Sie dürften Glück haben, aber wenn, wäre das auf jeden Fall nicht mit Haft verbunden. Oft würden die Kontrolleure bei Ausländern die Daten zwar aufnehmen, das Ticket aber meist nicht abschicken. Zu wenige Chancen, dass die wirklich bezahlt würden. Mir machte das Mut, und so stiegen wir beide ein.

Wie zuvor mit dem Richard, dem Autofahrer nach Sisteron, hatte er fast die gleichen weltanschaulichen Ansichten wie ich. Wir unterhielten uns prächtig, und die Zeit verging wie im Nu. Dann aber geschah es doch. Ein Schaffner erschien, um die Fahrkarten zu kontrollieren. Bernhard sah mein Zittern und Zögern und blickte mir fest ins Gesicht.

„Lass mich das machen. Ich werde mit dem Schaffner reden."

Der unglaublich nette Schweizer erklärte dem Kontrolleur wortreich meine Situation, aber noch bevor er zu Ende erklärt hatte winkte der Schaffner lächelnd ab und entfernte sich.

„Er lässt dich einfach fahren", meinte Bernhard. „Vielleicht hatte er auch keine Lust mehr auf Arbeit." Er grinste. „Bis Bern hast Du jetzt nichts mehr zu befürchten." So viel Glück gab es nicht, dachte ich und freute mich wie Bommel. Dann kam der nächste Hammer. Bernhard hatte noch eine Überraschung für mich.

Als wir Lausanne erreichten stiegen wir aus. Mit starker Hand hielt er mich am Arm zurück.

„Warte einen Moment." Er öffnete seine Brieftasche und gab mir zwanzig Euro. „Hier, nimm" sagte er und drückte mir das Geld in die Hand. Das war mir nun allerdings sehr unangenehm, er hatte mir ja schon bei der Kontrolle so unglaublich geholfen.

„Das kann ich nicht annehmen", sagte ich. „Ich wollte Sie nicht anbetteln." Er lachte nur.

„Ach was, mir tut es nicht weh. Außerdem haben Sie nicht gebettelt. Jetzt können Sie zusammen mit Ihrem eigenen Geld die Bahnfahrt nach Basel bezahlen. Nicht immer sind die Schaffner zu Schwarzfahrern so freundlich wie der eben und sehen einfach drüber hinweg."

Beschämt nahm ich die Euros schließlich an, gab ihm aber meine Visitenkarte.

„Bitte schicken Sie mir ihre Bankdaten zu, ich überweise Ihnen die zwanzig Euro sofort nach meiner Ankunft zurück. Das mache ich auf jeden Fall, und auch wirklich gerne. Es ist mir furchtbar peinlich, von Ihnen so viel Geld anzunehmen."

„Ach was, ich mach das gern. Mir ist früher auch mal in einer ähnlichen Lage geholfen worden, und ich kann das gut nachvollziehen. Mach dir keine Gedanken darüber." Er grüßte noch kurz, und bevor ich mich richtig verabschieden konnte, war er schon im Strom anderer Reisender verschwunden.

Die Glückssträhne geht weiter

Nach wie vor war ich einerseits zwar glücklich, dass ich es nun wahrscheinlich ohne größere Probleme nach Hause schaffen würde, andererseits war es mir peinlich, mich mit Geld von Bernhard durchzuschnorren. Das hatte ich nun wirklich nicht beabsichtigt. Bis zur Abfahrt des Zuges blieben mir jetzt noch zwanzig Minuten Zeit. Mich quälten Hunger und fast noch mehr der Durst. Im Bahnhof von Lausanne war alles geschlossen, und außerhalb des Bahnhofs irgendwo einzukaufen traute ich mich der kurzen Wartezeit wegen nicht.

Ein Schwarzer, der eine Auskunft von mir wollte und die ich ihm mangels Kenntnis der Örtlichkeiten leider nicht geben konnte wies mich aber auf einen Automaten hin, in dem es Cola und verschiedene Snacks gab. Als ich ihm beichtete, dass der ebenfalls nur per Kreditkarte zu bedienen war und Cash ablehnte, drückte er für mich eine Taste und schenkte mir die Flasche Cola. Wieder ein netter Mensch, dachte ich erstaunt, aber damit war seine Hilfsbereitschaft noch nicht zu Ende. Als ich die Bahnkarte aus dem Automaten kaufen wollte hatte ich das gleiche Problem wie in Annexy. Ich besaß diesmal zwar genug Geld, konnte aber wieder kein Ticket kaufen, außer per Kreditkarte, die ich nicht hatte. Ich fragte Karim, ob er das genau so machen würde wie das unbekannte Mädchen in Annexy. Ich erzählte ihm die ganze Geschichte.

„Kein Problem" meinte er. Karim nutzte seine Karte und zog das Ticket für mich aus dem Kasten. Als ich ihm das Geld dafür geben wollte, lehnte er ab. Ich schenke es Dir" meinte er leichtfertig. „Du brauchst das jetzt dringender als ich."

Geschockt erwiderte ich, dass ich das auf keinen Fall annehmen könnte. Der Betrag sei doch viel zu hoch, ich wolle ihn nicht anbetteln, aber er ließ nicht locker. „Wenn ich etwas verschenke, dann weiß ich, warum ich das tu" sagte er. „Ärgere mich bitte nicht": Dabei zwinkerte er mit seinem linken Auge. Er meinte es nicht ernst.

„Du kannst es gern nehmen, ich bin nicht ganz arm." Er nahm mir das Geld aus der Hand und steckte es in meine Jackentasche. „Dort bleibt es jetzt!" Er drohte mit erhobenem Finger und lachte dabei. Ich musste mitlachen und gab schließlich nach.

Karim hatte den gleichen Weg nach Bern wie ich, musste dort aber in Richtung Zürich umsteigen. Ich dagegen hatte ab Bern die letzte Etappe auf der schweizerischen Bahn bis Basel SBB vor mir.

Durch den netten Kontakt mit meinem Gönner verflogen die eineinhalb Stunden wie der Blitz. Mit einem herzlichen Handschlag verabschiedeten wir uns. Auch ihm gab ich meine Visitenkarte. Vielleicht kommt er mich mal in Hamburg besuchen, meinte er, und sehr gerne lud ich ihn ein.

Kurz nach zweiundzwanzig Uhr bestieg ich den Express nach Basel. Noch immer hatte ich nichts zu essen, und mein Magen knurrte wie verrückt. Dennoch war ich glücklich. Mit Basel würde ich die Schweiz hinter mir lassen. Danach blieben mir nur noch etwa vierzehn Stunden Fahrt mit dem Deutschlandticket. Da ich auf der Strecke nach Hamburg um die sieben oder acht Mal umsteigen musste blieb sicher genug Zeit, mir irgendwo etwas zu essen zu kaufen.

Der Express war wenig besucht. Nur gegenüber meinem Platz saß eine Familie, ebenfalls auf dem Weg nach Basel. Die kennen sich bestimmt dort aus, dachte ich und sprach sie an.

„Ich muss nach Deutschland, das heißt, ich muss vom schweizerischen Bahnhof Basel nach Basel Badischer Bahnhof. Wie kommt man dort hin? Ich war noch nie in dieser Stadt. Wo ist da die deutsche Grenze?"

„Also da gibt es keinen Zug zwischen den beiden Stationen. Du nimmst Dir ein Taxi durch die Stadt oder die Straßenbahn. Sind nur wenige Minuten, zu Fuß vielleicht eine halbe Stunde."

„Und die deutsche Grenze?"

„Die Grenze ist im Basel Badischer Bahnhof. Und wahrscheinlich ist sie über Nacht geschlossen. Die kontrollieren nicht."

„Ich habe aber nur Euros. Kann ich damit die Straßenbahn oder den Bus bezahlen?"

„Nein, da brauchst Du Schweizer Franken." Ich schwieg eine Weile.

„Franken habe ich nicht. Ich habe nur Euros. Zu Fuß schaffe ich es leider nicht, meine Füße schmerzen, ich habe kranke Füße." Ich erhob mich. „Ich muss erst mal aufs Klo." Mit schnellem Schritt schlängelte mich an den Sitzreihen vorbei.

Das Klo war absolut sauber, und genug Papier war auch vorhanden. Ein gewaltiger Unterschied zur Deutschen Bundesbahn, kam mir in den Sinn. So eine piekfeine Toilette war mir bisher noch auf keiner deutschen Bahn begegnet.

Als ich zurückkam überraschte mich die Familie. „Wir wollen Ihnen ein paar Schweizer Franken geben" meinte der Mann und hielt mir einen Geldschein hin. „Damit können Sie den Bus oder die Tram bezahlen." Ich glaubte mich verhört zu haben.

„Ich habe nicht um Geld gebettelt. Ich kann das nicht so einfach annehmen"

„Das stimmt, Sie haben nicht gebettelt, aber die paar Franken tun uns nicht weh, und Sie brauchen Schweizer Geld. Sonst können Sie nicht bezahlen. In Basel nimmt von den Verkehrsbetrieben niemand Euros. Dasselbe gilt auch für Belgien, dort nimmt niemand Schweizer Franken. Wir kommen gerade aus dem Urlaub in Belgien."

Ich bedankte mich also und nahm das Geld an. Ich dachte, wenn die Menschen so viel Geld zu verschenken haben sollen sie es tun. Das war schon der dritte Mensch heute, der mir Geld schenkte. Und zwar nicht wenig.

Kurz nach Mitternacht lief der Zug im Bahnhof Basel SBB ein. Müde stieg ich aus und trat vor das Bahnhofsgebäude. Ich fühlte den Geldschein in meiner Tasche und schaute drauf. Es war ein größerer Betrag als ich erwartete. Ein Zwanzig-Franken-Schein, eine Menge Geld. Schweizer Franken standen im Kurs etwa eins zu eins zum Euro. Also etwa zwanzig Euro. Die Familie war sehr großzügig gewesen.

In diesem Moment fuhr eine Straßenbahn vorbei, und ich fragte ein paar Jugendliche, wie ich von hier aus in den Badischen Bahnhof gelangen könnte.

„Die Zwei ist gerade weggefahren" sagte einer der Jungs, „Aber es müsste noch eine kommen. Die fährt aber nur noch bis zum Messeplatz. Dort musst du laufen, sind aber nur fünf Minuten Weg." Da habe ich ja noch Glück, dachte ich erleichtert.

„Kann ich die mit einem Geldschein bezahlen oder brauche ich da Münzen?" Einer aus der Gruppe lachte, er schien wohl der Anführer zu sein.

„Ich würde schwarzfahren" meinte er. Um diese Zeit gibt es so gut wie keine Kontrollen mehr. Aber selbst wenn, Ausländer schreiben die Kontrolleure wegen der paar Münzen nicht auf. Der Aufwand ist viel zu groß." Na, das waren ja Worte. Ich musste lachen.

„Vielen Dank für den Tipp"

Ich schlenderte zur Haltestelle der Tram hinüber. Lange musste ich nicht warten. Trotz der Uhrzeit waren noch viele Menschen unterwegs, und die Straßenbahn fuhr alle zehn Minuten.

Als ich zugestiegen war fragte ich den Zugführer, wo ich aussteigen müsse. Er bestätigte mir den von den Jugendlichen genannten Messeplatz und meinte, er würde mir rechtzeitig Bescheid geben.

Es war wirklich nicht weit, aber es war schön, Basel mal bei Nacht zu sehen. Früher war ich mal für einen Nachmittag hier, im Basler Zoo, aber daran hatte ich kaum noch Erinnerungen. Unvermittelt hielt die Bahn direkt auf einer menschenleeren Kreuzung. Ich war nur noch der einzige Fahrgast.

„Sehen Sie, diese Straße rechts neben uns? Die gehen Sie ganz bis zum Ende entlang, immer an den futuristischen Gebäuden vorbei. Dann stehen Sie direkt vor dem Badischen Bahnhof Basel. Es sind nur fünfhundert Meter, einfach immer nur geradeaus. Ich muss aber jetzt noch hundert Meter bis zum Haltepunkt weiterfahren, ich kann Sie hier nicht auf der Kreuzung rauslassen." Er beschleunigte wieder und hielt Sekunden später an der Haltestelle. Erleichtert stieg ich aus und bedankte mich überschwänglich. Den Fahrschein wollte er nicht sehen.

Die Straße war menschenleer, als ich sie entlang wanderte. Die Gebäude sahen wirklich teilweise wie Kunstwerke aus einer anderen Welt aus. Zwischendurch musste ich immer wieder hinsetzen, da ich meine Füße schonen wollte. Immerhin gab es alle paar Meter eine Bank. Wirkliche Schmerzen meldeten sich bisher keine, aber man kann ja nie wissen…

Der Bahnhof war hell erleuchtet und auch noch geöffnet. Vereinzelt standen einige wenige Passagiere herum oder saßen auf den Bänken, aber auch etliche Süchtige lungerten herum. Einer sprach mich gar an, ob ich Crack hätte, was ich natürlich verneinte. Mit Drogen hatte ich in meinem ganzen Leben nie etwas zu tun.

Der Zug nach Freiburg, meinem ersten Umsteigebahnhof auf dem Weg nach Hamburg ging erst um kurz nach vier. Also knapp drei Stunden warten. Da ich keine Lust auf die Anwesenheit der Junkies hatte und es noch warm genug war stieg ich auf den betreffenden Bahnsteig hinauf. Als einziger Passagier in dieser Nacht fühlte ich mich noch müder und verlassener, als ich es war. Ich setzte mich erschöpft auf eine Bank und ließ die letzten Tage und Stunden vor meinem inneren Auge Revue passieren.

Trotz der wenigen Tage erlebte ich viele Dinge, die mir sonst in Wochen oder Monaten nicht passierten. Viel Herzlichkeit, viel Freude, aber auch umfangreiche Hilfe, ohne groß bitten zu müssen. Unglaublich, was alles in den letzten Tagen geschehen war. Und unfassbar, wie viel Geld ich in der Not erhielt, nur weil ich freundlich und ehrlich war und teilweise meine Geschichte erzählte. Nur das mit dem Hotel lag mir auf dem Magen und erzeugte heftige Gewissensbisse. Ich hoffte, dass ich das von Hamburg aus regeln konnte.

Das Mädchen aus Kenia

Endlich hatte ich mein Ziel geschafft! Ich war wieder in Deutschland. Vor mir stand der Zug nach Freiburg, leider verschlossen und nicht zu betreten. Schade, eigentlich hätte man die Wagen doch öffnen können für die wartenden Reisenden. Drinnen war es sicher noch etwas wärmer als auf dem nackten Bahnsteig, ohne Komfort und Windschutz. Obwohl kaum zu spüren, kühlte mich der schwache Wind in kurzer Zeit ab, so dass ich meine Jacke überstreifte.

Während ich noch so vor mich hin sann betrat ein junges Mädchen den Bahnsteig. Eine dunkelhäutige Ausländerin, wahrscheinlich eine Afrikanerin, und schwer beladen. Zusätzlich zu ihrem voll bepackten Rucksack zog sie an jeder Hand noch einen großen Koffer. Sie sah mich kurz an und lächelte. Dann ging sie vorbei und setzte sich eine Bank weiter.

Sie schien weit gereist zu sein, war außerordentlich hübsch, wirkte aber müde und erschöpft. Ich stand auf und sprach sie einfach an.

„Wartest du auch auf den Zug nach Freiburg? Ich kann dir mit dem Gepäck helfen. Es sieht sehr schwer aus.“

„Ja, es ist schwer, “, gab sie zu, „aber ich schaff das schon alleine. Trotzdem danke.“

„Bitte, gern. Darf ich fragen, woher du kommst?“

„Ja. Ich bin vor drei Tagen aus Kenia gekommen und fahre jetzt nach Hause. Ich wohne in Bad Krotzingen. Ich bin Hindy, und wie heißt du?“

„Ich bin der Klaus und fahre nach Hamburg.“

Es entspann sich ein schönes Gespräch. Sie sprach Deutsch, wenn auch nicht perfekt, aber es machte Freude, mal wieder die deutsche Sprache zu hören. Dabei war ich doch erst vier Tage unterwegs.

Hindy hatte zwei Monate Urlaub in Kenia verbracht und ihre Familie besucht. Heute war sie wieder zu Hause, und eine Woche später trat sie eine andere Arbeit an. Durch die Gespräche ging die Zeit schneller herum, und wir waren beide froh, als der Zugführer kurz vor vier erschien und die Waggons aufschloss. Es war durch den leichten Wind inzwischen empfindlich kalt geworden, auch Hindy fror. In den Abteilen war es deutlich wärmer.

Meine Müdigkeit hatte weiter zugenommen, und mir war bewusst, dass noch etliche Stunden vor mir lagen. Dieser Nahverkehrszug war nur einer von vielen. Laut Plan sollte ich acht oder neun Mal umsteigen müssen.

In Bad Krotzingen half ich Hindy mit ihren Koffern beim Aussteigen, und mit einem Handschlag und einem Lächeln verabschiedeten wir uns. Die letzten vier Stationen war ich allein im Abteil. Es war wohl selbst für Pendler noch zu früh. In Freiburg gelang mir fast nahtlos der Anschluss an den Zug nach Mannheim und ich lehnte mich glücklich zurück. Mit jedem Umstieg kam ich Hamburg näher. Meine Füße hielten sich glücklicherweise auch zurück, das war wenigstens ein Lichtblick.

In Mannheim ließ ich zwei nachfolgende Anschluss-Züge verstreichen. Die fuhren ja ohnehin alle halbe Stunde bis Frankfurt, aber ich musste endlich mal etwas essen. Mein Magen war bereits eine einzige Mördergrube.

In Frankfurt erwischte ich wieder auf die letzte Minute den passenden Zug nach Kassel. Der dauerte mit zwei Stunden lang genug, dass ich ein wenig dösen konnte. Die Bahn war inzwischen richtig voll geworden. Mir gegenüber saßen zwei ältere Damen, mit denen ich im Lauf der Fahrt ins Gespräch kam. Sie waren ziemlich aufgekratzt, neugierig und auf dem Heimweg vom Bodensee. Die eine lebte lange Zeit in Hamburg, wohnte jetzt aber in Göttingen und wir tauschten eine Menge Erfahrungen aus bezüglich schöner Plätze in Hamburg. Besonders angetan und überaus wissbegierig war sie vom Rotlichtbezirk, erst recht, als ich erwähnte, dass ich dort selbst schon gearbeitet hatte.

„Was haben Sie da denn gemacht?" wollte sie neugierig wissen. Ich hielt wie immer nicht hinter dem Berg mit meinen Erfahrungen und beantwortete ehrlich ihre Frage.

„Ich hab vor vielen Jahren im Cabaret Safari in der Großen Freiheit mit meiner Frau auf der Bühne als Erotikdarsteller gearbeitet. Kennen Sie das Safari?"

„Also drin gewesen bin ich noch nicht, aber dran vorbeigelaufen schon. Da waren immer so tolle Fotos in den Schaufenstern. Gegenüber gab es eine Gaststätte oder Restaurant, das Lokal „Gretel und Alfons", das war früher das Stammlokal der Beatles."

„Stimmt. Da haben wir auch immer gegessen." Nun hatten wir das endgültige Gesprächsthema, zur Gaudi einiger anderer Bahnreisenden, die in der Nähe saßen und ihre Ohren spitzten. Solch freimütige Gespräche gelangten wohl nicht so oft an ihre Ohren.

Uns vertrieb es aber die Zeit. Gemeinsam stiegen wir in Kassel aus und wechselten in den nächsten Zug nach Göttingen. Meine Müdigkeit war inzwischen zum größten Teil verflogen, wahrscheinlich war ich über den toten Punkt hinweg.

In Göttingen trennten wir uns, nachdem ich den beiden ebenfalls eine Visitenkarte überreichte. Ich hatte ihnen erzählt, dass ich von dieser Reise ein Buch schreiben und veröffentlichen wollte, und Marianne, die Jüngere, meinte, dass sie das sofort kaufen würde.

Je näher ich nach Hamburg kam, desto mehr freute ich mich aber auf Angelika, meine Freundin, und natürlich auch auf mein Zuhause. Auch wenn ich ein Weichei war wusste ich aber, dass ich noch mal von vorne anfangen würde, um mein Leben wieder in den Griff zu kriegen. Als der Zug Hannover erreichte rückte der Zeiger der Bahnhofsuhr schon auf halb sechs. Jetzt waren es geschätzt nur noch zwei Stunden. Es wurde aber auch langsam Zeit. Seit gestern Morgen um sieben, mit Verlassen des Hotels in Castellane, hatte ich nicht mehr geschlafen.

Endspurt

Die letzten zwei Stunden waren angebrochen. Schade nur, dass es den durchgehenden Metronom-Zug von Hannover nach Hamburg nicht mehr gab. Jetzt musste man den Umweg über den Heideexpress nach Soltau/Buchholz nehmen. Eine Strecke, die mir bisher unbekannt war. Aber was will man machen?

Kurz vor sechs sitze ich im Heideexpress. Der letzte Umstieg sollte in Buchholz erfolgen. Fast zwei Stunden dauerte die Fahrt, leider lautstark mit grölenden Jugendlichen, die wild durch den Zug schrien und mich innerlich fast zur Weißglut brachten. Dass die Eltern ihre Kinder auch nicht mehr richtig erziehen können, dachte ich so bei mir. Tat das denn nötig?

Gott sei Dank verließen die Halbwüchsigen vier Stationen später den Zug in Schwarmstedt. Dafür nahmen zwei ausgesprochen hübsche Mädchen mir gegenüber Platz. Die eine hatte ein so offenherziges Dekollete das schon fast an Striptease denken ließ, zugegeben aber eine wahre Augenweide. Sie kokettierte mit zahlreichen Passagieren um deren Gunst und ergötzte sich an den zum Teil recht gehässigen Kommentaren zweier älteren Frauen, die sich endlos über ihre Provokationen aufregten. Ein amüsantes Schauspiel, das mir half, die Zeit zu vertreiben. Das andere Mädchen - typisch Frau - erzählte hingegen wie ein Buch in einer Tour und war nicht zu bremsen.

Um viertel vor acht ereichten wir endlich Buchholz. Dieser Ort war mir gut bekannt, hier hatte ich in einer Spezialklinik vor dreizehn Jahren meine Krebsbehandlung. Das super moderne Krankenhaus, in dieser Professionalität und Ausstattung passte so gar nicht in die ländliche Provinz. zu vermuten, und sehr fürsorglich.

Buchholz war der letzte Umsteigebahnhof. Ab hier sollte fünfzehn Minuten später der Nahverkehrszug Metronom von Bremen halten, der direkt zum Hamburger Hauptbahnhof fuhr. Aber wie schon so oft in den letzten Tagen: natürlich durfte es auch hier nicht glatt über die

Bühne gehen. Während wir auf die Bahn warteten erfolgte plötzlich eine Durchsage. Der angekündigte Zug fiel wegen Personalmangel aus, der nachfolgende kam also eine halbe Stunde später. Eigentlich keine große Sache, aber äußerst nervig, wenn man schon fast zwei Tage unterwegs war und sich nach Hause sehnte. Jetzt würde es noch später werden. Vom Hauptbahnhof musste ich dann ja auch noch eine Dreiviertelstunde mit der S-Bahn fahren. Dazu kam, dass mein Handy mangels finanzieller Deckung keinen Empfang hatte und ich meine Freundin nicht mehr benachrichtigen konnte. Das war erst wieder in der S-Bahn möglich.

Schließlich war aber auch diese letzte Hürde überwunden. Um halb neun endete die Fahrt des Metronoms im Hamburger Hauptbahnhof. Eine Stunde später schloss ich meine Freundin wieder in die Arme. Zu Hause angekommen, servierte sie mir müdem Heimkehrer eine wärmende Tasse Tee, und noch mal zehn Minuten später lag ich im tiefsten Schlaf in meinem Bett.

Weitere Bücher von Klaus Otersen

Als Frau allein unter 28 Männern

„Paradise N": 322.000 Tonnen, 330 m lang, 58 m breit und 23 m Tiefgang: Zusammen mit einer Freundin reiste ich 2006 mit Deutschlands größtem Frachtschiff von Italien über den Atlantik nach Brasilien. Die sehr persön-li-che Reise, einschließlich der originalen Äquatortaufe, wird eindrucksvoll er-zählt. Mit 124 Farbbildern, Paperback, 140 Seiten, Preis 19,80

Von Kontinent zu Kontinent

Ausgeschifft, gestrandet, aber dennoch glücklich zu Hause. 5000 km mit dem Bus durch Brasilien, zwei Wochen Urlaub in Rio, ein unfreundliches Konsulat, hilfreiche Freunde, die uns die Rückreise ermöglicht hatten und die glückliche Heimreise mit einem italienischen Autofrachter der Grimaldi-Linie von Argentinien über den Umweg Westafrika nach Hamburg. Mit 155 Farbbildern. Paperback, 164 Seiten, Preis 19,80

Erotische Geschichten

Eine traumvolle Massage, oder doch lieber ein spontanes Quickie in einer Kirche? Ein Erlebnis im Zug, oder ein Techtel-Mechtel am Bremer Kreuz? Alle Geschichten in diesem Buch sind tatsächlich selbst erlebt und aufge-schrieben, auch wenn sie teilweise seltsam oder unglaubhaft klingen. Paperback, 120 Seiten, Preis 8,90

Mit dem Tandem durch Europa

Vier Jahre unterwegs. Rund 48.000 km in dreizehn Ländern. 11.800 Mark verbraucht, sowie drei Tandems. Jede Menge Speichenbrüche, aber auch di-verse Abenteuer machen das Lesen dieses Buches zum Vergnügen. Eine Woche Zypern als Gast des türkischen Ministers für Tourismus, oder un-glaubliche erotische Erlebnisse in einer syrischen Familie und anderes. Mit 152 Farbbildern, Paperback, 412 Seiten,

Erotische Geschichten Teil 2

26 erotische Geschichten. Acht Hippies in einem Container in Tunis, Sex auf dem Motorrad, als Masseur im Swingerclub und Puff, eine unge-wöhn-liche Analuntersuchung bei einer Urologin oder ein Dreier mit Mutter blut-junger Tochter in Florida: auch diese Geschichten sind alle selbst erlebt und aufgeschrieben, auch wenn sie manchmal unglaublich klingen. Paperback, 284 Seiten, Preis 12,90

Klaus Otersen

Geboren 1949 in Villingen, Schwarzwald, wohnhaft seit 1981 in Hamburg.

Als freiberuflicher Filmemacher und Kameramann arbeitet Klaus Otersen seit 1998 in seinem eigenen kleinen Videostudio an diversen Reportagen, Musikclips, Firmenpräsentationen und Städteporträts.

Die ersten schriftstellerischen Versuche begannen in der Kindheit. Mit zwölf schrieb er seine ersten Romane (natürlich in kindlicher Ausdrucksweise, handschriftlich in Schulhefte), die er zusammennähte und die dadurch einen Umfang von bis zu 700 Seiten erreichten. Später kamen Gedichte hinzu, und als Musiker textete er auch zahlreiche Lieder für seine Auftritte als Straßenmusiker.

Seit einigen Jahren liegt der thematische Schwerpunkt auf Reisen. Unter anderem war er für ein halbes Jahr als Bordfilmer auf der MS "Delphin Renaissance" unterwegs. Während dieser Zeit entstanden acht DVD's über die verschiedenen Reisen nach Island, rund um England, Skandinavien und Nordkap, sowie die gesamte Ostsee. Diese DVD's sind auch über die unten angegebene Email-Adresse erhältlich. Weitere zahlreiche Reisen unternahm er nach Florida, in die Türkei, Indien, Thailand, Arabien, ganz Europa und mit einem Frachtschiff nach Brasilien. Auch über diese Reisen sind zahlreiche DVDs und Blu-Rays erhältlich.

Klaus Otersen

E-Mail: kameramann2019@aol.com